Copyright © 1999 by Nord-Süd Verlag AG, Gossau Zürich, Switzerland
First published in Switzerland under the title *Cinderella das Aschenputtel*
Spanish translation copyright © 2002 by North-South Books Inc.

First Spanish edition published in the United States and Canada
in 2002 by Ediciones Norte-Sur, an imprint of Nord-Süd Verlag AG,
Gossau Zürich, Switzerland.

Library of Congress Cataloging-in-Publication Data is available.
A CIP catalogue record for this book is available from The British Library.

ISBN 0-7358-1571-2 (trade edition)
1 3 5 7 9 HC 10 8 6 4 2

ISBN 0-7358-1572-0 (paperback edition)
1 3 5 7 9 PB 10 8 6 4 2

Printed in Belgium

Spanish version supervised by Sur Editorial Group, Inc.

Para obtener más información sobre nuestros libros, y los autores e ilustradores
que los crean, visite nuestra página en www.northsouth.com

UN CUENTO DE HADAS DE CHARLES PERRAULT

CENICIENTA

ILUSTRADO POR LOEK KOOPMANS

TRADUCIDO POR GERARDO GAMBOLINI

EDICIONES NORTE-SUR • NEW YORK • LONDON

*H*abía una vez un noble que se volvió a casar, luego de enviudar de su primera esposa. Su nueva mujer era muy altanera y tenía dos hijas exactamente iguales a ella. El noble también tenía una hija de su matrimonio anterior. Ella era la mejor, la más dulce muchacha del mundo, igual que su madre, quien había sido muy buena.

Tan pronto como finalizó la boda, la madrastra de la joven mostró su malvada naturaleza. No soportaba ver lo buena y hermosa que era su hijastra, pues a su lado sus propias hijas parecían más detestables todavía.

La joven tenía que hacer todas las tareas desagradables de la casa: fregar y barrer, y mantener limpios y ordenados los magníficos cuartos de sus hermanastras, mientras que ella dormía en el ático, sobre un miserable colchón de paja.

La muchacha soportaba todo con humildad, y no se atrevía a contarle nada a su padre, quien no le hubiera creído, ya que estaba completamente dominado por su esposa. Cuando la pobre terminaba de hacer su trabajo, para calentarse un poco se acurrucaba en la cocina junto a las cenizas de la chimenea. Por eso todos la llamaban Cenicienta.

Un día, el hijo del rey invitó a un baile a toda la nobleza de la comarca, incluidas las dos hermanastras de Cenicienta.

El baile significó más trabajo todavía para Cenicienta. Tuvo que ponerse a lavar y planchar, ayudar a sus hermanastras a probarse diferentes vestidos y zapatos, y peinarlas de mil maneras distintas. Hizo todo lo posible por hacer que se vieran bellas, pero aun con sus ropas andrajosas, ella era mucho más bonita que sus hermanastras.

Finalmente llegó el gran día, y las hermanas fueron al baile. Triste, Cenicienta las vio partir y comenzó a llorar amargamente.

La madrina de Cenicienta, que era un hada, vio todo lo que pasaba.

—¿Tú también quieres ir al baile? —le preguntó a Cenicienta.

—¡Oh, sí! —suspiró Cenicienta—. ¡Me encantaría!

—Muy bien —dijo su madrina—. Ve a la huerta y tráeme una calabaza.

Cenicienta fue a la huerta, recogió la mejor calabaza que pudo encontrar y la llevó a la casa.

Su hada madrina tocó la calabaza con una varita mágica y la convirtió en una carroza de oro puro.

Luego el hada convirtió seis ratones en seis espléndidos y hermosos caballos blancos.

Pero todavía hacía falta un cochero, así que el hada tocó otro ratón con su varita mágica, y allí apareció un robusto cochero con un sombrero muy elegante.

—Ahora ve al jardín y tráeme las seis lagartijas que viven detrás del pozo —dijo el hada. Y tan pronto como Cenicienta se las trajo, el hada las convirtió en seis lacayos.

—¡Ya está! —dijo el hada madrina—. ¡Ahora puedes ir al baile!

—Oh —dijo Cenicienta—. No puedo ir al baile con estos harapos.

El hada madrina tocó a Cenicienta con su varita mágica, y sus harapos se convirtieron en un magnífico vestido dorado, cubierto de joyas. Llevaba puestos zapatos de cristal, los zapatos más preciosos que jamás se hayan visto.

Cenicienta le dio un beso a su hada madrina y subió a la carroza.

—No vayas a quedarte después de la medianoche —le dijo el hada—. A las doce tu carroza volverá a convertirse en calabaza, tu cochero y tus caballos en ratones, tus lacayos en lagartijas, y tu hermoso vestido no será otra cosa que harapos.

Cenicienta prometió hacer lo que su hada madrina le decía y partió feliz hacia el baile.

Al llegar al palacio, los sirvientes le dijeron al hijo del rey que
una noble princesa había llegado, pero nadie sabía quién era. El
príncipe fue rápidamente a recibirla, le ofreció su mano y la
condujo al magnífico salón de baile.

La sala quedó de golpe en silencio. Las parejas que estaban bailando se quedaron inmóviles, los violines dejaron de tocar. Todos admiraron la radiante belleza de Cenicienta, y un murmullo recorrió entonces el salón.

—¡Por todos los cielos, qué encantadora es! —decían todos.

El propio hijo del rey sacó a bailar a Cenicienta, y ella bailó con tanta gracia que los invitados la admiraron aún más.

El príncipe no tenía ojos para nadie ni para nada que no fuera ella. Aunque en la cena sirvieron los platos más deliciosos, el príncipe no pudo probar bocado.

De repente, Cenicienta oyó que el reloj daba un cuarto para las doce. Le hizo una rápida reverencia al príncipe y se marchó a toda prisa. Nadie pudo detenerla.

En el momento mismo en que entró a su casa, su vestido volvió a convertirse en harapos.

Al día siguiente sus hermanastras se levantaron al mediodía y encontraron a Cenicienta limpiando el piso como siempre. Le contaron lo mucho que habían disfrutado del baile y le hablaron del apuesto príncipe, de la música maravillosa y de la hermosa princesa desconocida.

—¿Nadie la conocía? —preguntó Cenicienta.

—No, nadie sabía quién era. Desapareció a la medianoche, y no la volvieron a ver.

Cenicienta sonrió y siguió fregando el piso. Sus hermanastras le contaron que habría otro baile esa misma noche y que las dos iban a ir.

Por supuesto, Cenicienta también fue al baile. Esta vez, el hada le otorgó finísimas joyas y un vestido más hermoso aún que el anterior. El hijo del rey no se movió de su lado en toda la noche y le dijo mil y una galanterías. Halagada de esa forma, Cenicienta se olvidó de la promesa hecha a su hada madrina.

Pero al escuchar la primera de las doce campanadas,
recordó su promesa. Se apartó del príncipe y se alejó
corriendo tan rápido como un ciervo.

En un primer momento, el príncipe se quedó paralizado;
después, corrió tras ella. No pudo encontrarla, pero vio en
las escaleras un zapato que Cenicienta había perdido al
escapar. Tiernamente, lo recogió.

Preguntó a los guardias del palacio si habían visto salir a una princesa.

—No, no vimos a nadie —dijeron—. Al menos, a ninguna princesa. Sólo vimos a una joven ordinaria, vestida con harapos.

Cenicienta llegó a su casa a pie y sin aliento, sin la carroza ni los lacayos. No le quedaba nada, salvo uno de los zapatos.

Sus dos hermanastras le contaron que la bella princesa desconocida había vuelto a desaparecer al dar la medianoche. Esta vez había perdido un zapato, agregaron, y en toda la noche el príncipe no hizo otra cosa que mirar el zapato que había encontrado. Parecía estar perdidamente enamorado de la misteriosa princesa.

Unos días más tarde, el príncipe anunció que pensaba casarse con la joven que pudiera calzar aquel zapato de cristal. Primero se lo probaron todas las princesas del reino, luego todas las condesas y por último las otras damas de la corte. A todas, sin excepción, les resultó muy pequeño.

Finalmente, el zapato fue llevado a casa de Cenicienta, y sus hermanastras hicieron la prueba, pero tampoco a ellas les calzaba.

—¿Puedo probar? —preguntó Cenicienta.

Al escuchar eso, sus hermanastras se rieron burlonamente, pero el encargado de llevar el zapato a todas las casas de la ciudad miró atentamente a Cenicienta y la encontró muy bella.

—Por supuesto —dijo el noble con una sonrisa.

Las hermanas miraron asombradas al ver que el pie de Cenicienta entraba perfectamente en el zapato.

Más asombradas quedaron cuando Cenicienta sacó el otro zapato de su bolsillo y se lo puso. Y cuando llegó el hada madrina y convirtió sus harapos en el vestido más bello que jamás se había visto, entonces reconocieron en ella a la princesa desconocida.

Las hermanastras le rogaron que las perdonase por todo el daño que le habían hecho, y ella las perdonó de todo corazón.

Pocos días más tarde, Cenicienta y el príncipe celebraron la boda y vivieron felices para siempre.